COLLECTION

DE

M. Ch. Noel

CATALOGUE

DES

TABLEAUX MODERNES

IMPORTANTS

AQUARELLES — DESSINS

PAR

BARYE, COROT, COUTURE, EUG. DELACROIX, DIAZ
JULES DUPRÉ, HENNER, ISABEY, TH. ROUSSEAU, TROYON, ZIEM
ETC., ETC.

Marine par CONSTABLE

COMPOSANT LA

Collection de Feu M. Ch. NOEL

DONT

LA VENTE APRÈS DÉCÈS

ET EN VERTU D'UNE ORDONNANCE ENREGISTRÉE

AURA LIEU

HOTEL DROUOT, SALLES N°s 8 ET 9

Le Lundi 23 Février 1891

A DEUX HEURES ET DEMIE

EXPOSITION PARTICULIÈRE	EXPOSITION PUBLIQUE
Le Samedi 21 Février	Le Dimanche 22 Février

DE UNE HEURE ET DEMIE A CINQ HEURES ET DEMIE

COMMISSAIRE-PRISEUR :	EXPERTS :
Me Georges DUCHESNE	MM. HARO Frères
Successeur de Me Escribe	PEINTRES-EXPERTS
6, rue de Hanovre	14, rue Visconti, et 20, rue Bonaparte

Assistés de MM. ARNOLD et TRIPP, 8, rue Saint-Georges
Chez lesquels se trouve, à Paris, le présent Catalogue

CONDITIONS DE LA VENTE

Elle sera faite au comptant.

Les acquéreurs payeront *cinq pour cent* en plus du prix d'adjudication.

TABLEAUX

—

BEAULIEU (A. DE)

1 — Fantaisie.

B. — H., 0ᵐ,34. L., 0ᵐ,18.

CHAPLIN

2 — Les Premières Roses.

Signé à droite.

T. — H., 0ᵐ,38. L., 0ᵐ,29.

CHARLET

3 — Tête de chien. Étude.

T. — H., 0ᵐ,35. L., 0ᵐ,35.

CICERI (Eug.)

4 — Paysage.

Salon de 1856.
Signé à droite et daté 56.

T. — H., 1ᵐ. L., 1ᵐ,50.

CONSTABLE (John R.-A.)

5 — Le Débarquement. Marine.

Le canot amiral portant pavillon quitte
le navire dont on aperçoit la proue enve-
loppée par la fumée des salves d'artillerie.
A droite, montant diverses embarcations,
une foule nombreuse, parmi laquelle on
distingue des Écossais en costume national,
acclame le personnage qui est dans la barque.
— Au fond, le rivage, une ville, et, à l'horizon, des collines.

Très beau ciel nuageux et mouvementé.

Exécution des plus remarquables par la
richesse des couleurs, la diversité des tons
et la maestria de la touche.

Constable, qui produisit peu de tableaux,
mais un grand nombre d'études des plus
recherchées aujourd'hui, fut un des nova-

teurs du paysage naturel en opposition avec le paysage historique et mythologique. On voit, par cette œuvre caractéristique, qu'il eut l'horreur du maniérisme, peignant avec un sentiment personnel et un amour de la nature dégagé de toutes les tendances ou influences de son temps.

T. — H., 0^m,57. L., 0^m,77.

COROT

6 — L'Étang de Ville-d'Avray.

Au premier plan, un bouquet d'arbres, qui se silhouette sur le ciel et sur les eaux de l'étang, laisse apercevoir les premières maisons et la route du village. Au pied des arbres, une figure de paysanne.

C'est à l'angle formé par cette route et l'étang que se trouve aujourd'hui le monument de Corot, au milieu de cette nature qu'il aimait tant à peindre.

Dans ce tableau, d'un grand charme, on retrouve toutes les qualités bien personnelles du plus tendre et du plus poétique de nos paysagistes.

Signé à gauche.

T. — H., 0^m,44. L., 0^m,65.

COUTURE (Thomas)

7 — Damoclès.

« Potior mihi periculosa libertas
Quam secura et aurea servitus. »

A été gravé par Gustave Levy.
Signé à gauche et daté 1866.
N° 141 du Catalogue de l'Exposition des
œuvres de Couture.

T. — H., 2^m,05. L., 1^m,56.

8 — L'Oiseleur.

Figure dans un paysage.
N° 138 du Catalogue de l'Exposition des
œuvres de Couture.

T. — H., 0^m,44. L., 0^m,65.

9 — 1815.

Tableau inachevé.
N° 99 du Catalogue de l'Exposition des
œuvres de Couture.
Signé à gauche du monogramme.

T. — H., 0^m,72. L., 1^m,12.

COUTURE (Thomas)

10 — Moine tenant une tête de mort.

Nº 181 du Catalogue de l'Exposition des œuvres de Couture.
Signé à gauche du monogramme.

T. — L., 1ᵐ,00. H., 0ᵐ,89.

11 — Figure d'homme demi-nu.

Étude pour le tableau « les Romains de la décadence ».
Nº 25 du Catalogue de l'Exposition des œuvres de Couture.
Signé du monogramme à gauche.

T. — H., 0ᵐ,46. L., 0ᵐ,29.

DELACROIX (Eug.)

12 — Le Christ sur la croix.

Le Sauveur du monde vient d'être crucifié : à genoux au pied de la croix, Marie-Madeleine, les mains jointes, regarde le divin Maître. A droite, la mère du Christ.

évanouie, est soutenue par saint Jean et une des saintes femmes. Au premier plan, un des apôtres abîmé dans sa douleur. Dans le fond, à gauche, des soldats romains à cheval.

Le ciel aux nuages déchirés traversés par des rayons lumineux, semble former une gloire autour de la tête du Christ.

Cette composition, pleine de puissance, d'un grand effet, porte au suprême degré l'empreinte du maître.

Signé à gauche et daté 1853.

T. — H., 0^m,73. L., 0^m,60.

DIAZ

13 — Paysage. Forêt de Fontainebleau.

Au premier plan, à gauche, près d'un bouquet de chênes, deux paysannes ramassent de l'herbe ; plus loin, une mare entourée de haute futaie. Par une large clairière on aperçoit l'horizon borné de collines. Nuages orageux voilant le soleil presque sur son déclin.

Signé à gauche et daté 75.—

B. — H., 0^m,46. L., 0^m,56.

DIAZ

14 — Nymphe et Amour.

Une Nymphe assise sur un tertre joue
avec un papillon qui vient de se poser sur
sa main; un Amour appuyé contre elle
semble s'intéresser à ce jeu.
Signé à gauche et daté 59.

T. — H., 0ᵐ,39. L., 0ᵐ,19.

15 — Sous bois. Paysage.

B. — H., 0ᵐ,21. L., 0ᵐ,42.

De DREUX (Alfred)

16 — Cheval arabe blessé.

Un cheval arabe richement harnaché,
frappé d'une balle au cou, est près d'expi-
rer. Dans le lointain, le combat.

T. — H., 0ᵐ,89. L., 1ᵐ,17.

2

DUPRÉ (JULES)

13,600 **17 — La Rivière.**

Au bord d'une rivière, une vache conduite par un paysan vient à l'abreuvoir. A droite, un monticule boisé et de grands arbres qui se reflètent dans l'eau. A gauche, une vaste plaine parsemée d'arbres. Ciel nuageux d'un grand effet.

Très beau spécimen du maître dans sa manière la plus large et la plus puissante. Signé à gauche.

T. — H., 0^m,38. L., 0^m,54.

GÉRICAULT (Attribué à)

810 **18 — Le Radeau de la Méduse.**

T. — H., 0^m,37. L., 0^m,52.

GÉRICAULT (D'après)

320 **19 — Officier de chasseurs à cheval de la garde impériale chargeant.**

T. — H., 0^m,26. L., 0^m,19.

GÉRICAULT (D'après)

20 — Cuirassier blessé quittant le feu.

T. — H., 0^m,26. L., 0^m,19.

GÉROME

21 — Odalisque.

Elle est assise, vêtue de bleu, la figure à demi voilée.
Signé à gauche.

T. — H., 0^m,41. L., 0^m,32.

HAGEMANN (G. De)

22 — Paysage.

Signé à droite.

T. — H., 0^m,80. L., 0^m,54.

23 — La Basse-Cour.

Signé à gauche.

T. — H., 0^m,65. L., 0^m,49.

HENNER

16,500 **24 — La Magdeleine.**

A genoux dans la grotte de la Sainte-Baume,
appuyée contre le rocher, les mains jointes,
elle semble prier. La tête, vue de profil
perdu, est levée vers le ciel.
Signé à gauche et daté 1877.

T. — H., 1ᵐ,20. L., 0ᵐ,92.

HILDEBRANDT

450 **25 — Marine.**

Salon de 1852.
Signé à droite et daté 52.

T. — H., 0ᵐ,75. L., 1ᵐ,10.

ISABEY (Eᴜɢ.)

12,000 **26 — Marée montante.**

Au premier plan, des pêcheurs tirent
vers la haute mer leur barque échouée sur
un monticule de sable que la marée mon-

tante va bientôt recouvrir. Plus loin, la jetée, contre laquelle déferle la vague. A gauche, des bateaux gagnent le large. A droite, le port rempli de navires et la ville dont on aperçoit les hautes cheminées. — Le vent souffle en tempête, et le ciel roule de gros nuages précurseurs du mauvais temps.

T. — H., 0^m,82. L., 1^m,23.

ISABEY (EUG.)

27 — Marée basse.

A gauche, les maisons du port et le quai, auprès duquel est une grande barque de pêche. A droite, l'autre jetée. Par le chenal on aperçoit la mer calme, et au large plusieurs bâtiments qui attendent la marée pour gagner le port. Au premier plan, les sables laissés à découvert par la mer sont traversés par des chevaux de halage, des pêcheuses, etc.

Dans ces deux compositions importantes, qui se font pendant, le peintre a recherché et rendu avec bonheur le contraste qu'offrent les aspects si changeants de la mer.

Signé à droite et daté 61.

T. — H., 0^m,82. L., 1^m,23.

ISABEY (Eug.)

28 — Procession dans une église.

Une procession composée de nombreux personnages et dignitaires de l'Église, précédée et accompagnée de bannières, s'avance du fond de l'édifice et traverse le transept au milieu d'une foule de seigneurs et de fidèles qui occupent les bas côtés et les tribunes.

Signé à gauche du monogramme et daté 65.

T. — H., 0ᵐ,52. L., 0ᵐ,39.

JACQUE (Ch.)

29 — La Basse-Cour.

Signé sur le puits à gauche.

T. — H., 0ᵐ,36. L., 0ᵐ,28.

LAPIERRE

30 — Le Ruisseau.

Paysage. Effet de soleil couchant.
Signé à gauche et daté.

T. — H., 0^m,46. L., 0^m,38.

LUMINAIS

31 — Les Captives.

Réduction du grand tableau.
Signé à gauche.

T. — H., 0^m,56. L., 0^m,46.

32 — Jeune Gaulois menant un cheval à l'abreuvoir.

Signé à gauche.

B. — H., 0^m,24. L., 0^m,19.

PALIZZI

33 — Hautes Futaies.

Salon de 1864.
Signé à gauche et daté.

T. — H., 0^m,93. L., 0^m,69

PILS (J.)

34 — Jeune Kabyle. Tête d'étude

Signé à droite.

T. — H., 0^m,35. L., 0^m,20.

PLACE (Henri)

35 — Paysage. Vue prise dans les Pyrénées.

Signé à droite et daté 1851.

T. — H., 1^m,30. L., 0^m,97.

PLACE (Henri)

36 — Marée basse. Marine.

Signé à droite.

T. ovale. — H., 0^m,27, L., 0^m,22.

37 — La Route du marché.

Signé à droite.

B. — H., 0^m,23. L., 0^m;35.

38 — Le Torrent.

T. — H., 1^m,26. L., 0^m,77.

39 — Marine.

T. — H., 0^m,49. L., 0^m,65.

40 — Marine.

T. — H., 0^m,38. L., 0^m,50.

ROUSSEAU (Théodore)

41 — La Mare. Vue prise à Fontainebleau.

Au premier plan, une mare, dans laquelle se reflètent la cime des arbres, une partie du ciel et une paysanne assise sur l'herbe, vêtue d'une jupe rouge d'une note éclatante. — Au second plan, un bouquet de grands arbres d'essences variées se profilent sur un ciel d'automne ; plus loin, la vallée, des collines boisées et la forêt.

Cette peinture, remarquable par la finesse, le rendu de l'exécution et l'observation de la nature, peut être considérée comme une des œuvres les plus réussies du maître.

T. — H., 0ᵐ,41. L., 0ᵐ,64.

TASSAERT (Octave)

42 — Les Orphelins.

Signé à droite et daté 1855.

T. — H., 0ᵐ,41. L., 0ᵐ,33.

TROYON (C.)

43 — La Forêt.

11,200

Sur la droite, un campement de bûche-
rons, auprès de la route traversant de
hautes futaies. — A gauche, une femme
avec son enfant est assise près de gros
troncs d'arbres; plus loin, un chasseur
gravit un sentier. Au fond, par une éclaircie,
on aperçoit la forêt et les collines à l'horizon.

Le soleil, passant au travers des arbres,
vient rayer le sol de longues bandes lumi-
neuses.

Œuvre importante et remarquable par le
fini et la recherche de l'exécution.

Signé à gauche.

T. — H., 0^m,65. L., 1^m,20.

44 — Sous bois. Paysage avec figures.

4,000

Cette petite étude a été peinte à l'époque
où Troyon travaillait à la manufacture de
Sèvres.

T. — H., 0^m,35. L., 0^m,27.

VIBERT

45 — La Tentation.

Signé à gauche et daté 1867.
Salon de 1867.

B. — H., 0ᵐ,55. L., 0ᵐ,65.

YVON (Adolphe)

46 — Bataille de Solférino.

Esquisse du grand tableau du Musée de
Versailles.
Signé à gauche.

T. — H., 0ᵐ,44. L., 0ᵐ,66.

47 — Portrait du maréchal Regnault de Saint-Jean-d'Angely.

Étude pour le tableau « Bataille de Solférino ».

T. — H., 0ᵐ,35. L., 0ᵐ,27.

ZIEM

48 — Le Bosphore.

Un grand navire encore garni de ses voiles vient d'arriver dans le port ; plus loin, d'autres bâtiments. Au fond, la ville qui s'étage sur la colline et dont les tours et les minarets se perdent dans le ciel. A droite, des felouques, des balancelles, etc. Au premier plan, une barque conduite par des rameurs. Effet de soleil couchant.

Signé à droite.

T. — H., 0^m,53. L., 0^m,70.

TABLEAU ANCIEN

FYT

49 — Gibier mort.

Un magnifique lièvre est pendu par la
patte auprès d'un tertre, sur lequel est
déposé un panier rempli d'oiseaux morts.
Signé à droite en toutes lettres.

B. — H., 0^m,83. L., 0^m,60.

AQUARELLES

DESSINS

AQUARELLES — DESSINS

BARYE

50 — Lion.

> Aquarelle.
> Signée à gauche.

51 — Tigre découvrant un serpent.

> Aquarelle.
> Signée à droite.

52 — Tigre.

> Aquarelle.
> Signée à gauche.

BARYE

53 — Les Éléphants.

Aquarelle.
Signée à droite.

CICERI (Eug.)

54 — Le Givre.

Aquarelle.
Signée à droite et datée.

55 — Le Marché.

Aquarelle.
Signée à droite.

56 — La Route.

Aquarelle.
Signée à droite et datée 48.

CICERI et Philippe BENOIST

57 — La Pelouse du château

Aquarelle.
Signée à gauche.

58 — Le Château.

Aquarelle.
Signée à droite.

59 — La Serre.

Aquarelle.
Signée à gauche.

COIGNET (J.)

60 — Paysage.

Dessin à la mine de plomb rehaussé de blanc.
Signé à gauche.

COIGNET (J.)

61 — Vue d'Orient.

Aquarelle.
Signée à gauche.

COUTURE

62 — L'Amour de l'or.

Dessin au crayon noir rehaussé de blanc.
N° 205 du Catalogue de l'Exposition des
œuvres de Couture.

63 — La Courtisane moderne.

Dessin aux deux crayons.
N° 233 du Catalogue de l'Exposition des
œuvres de Couture.

FLANDIN (Eug.)

64 — Vue d'Orient.

Aquarelle.
Signée à gauche.

GAVARNI

65 — Où qu'est ma houri ?

Aquarelle.
Signée à droite.

ISABEY père

66 — Portrait d'Homme.

Dessin rehaussé de blanc.
Signé à droite.

ISABEY

67 — Tentation.

Sépia.
Signée à gauche et datée 1834.

ISABEY (Eug.)

68 — Église de Fécamp.

Dessin et aquarelle.
Signé à gauche.

PLACE

69 — Le Pont du torrent.

Aquarelle.

.3705 — Librairies-Imprimeries réunies, A, rue Mignon, 2, Paris.

www.ingramcontent.com/pod-product-compliance
Lightning Source LLC
LaVergne TN
LVHW021656170726
843501LV00007B/2600